三浦綾子
祈りのことば

写真・おちあいまちこ

日本キリスト教団出版局

本書の祈りのことばは１９９１年に日本キリスト教団出版局より発行された『祈りの風景』（絶版）より精選し、再構成されたものである。

三浦綾子　祈りのことば

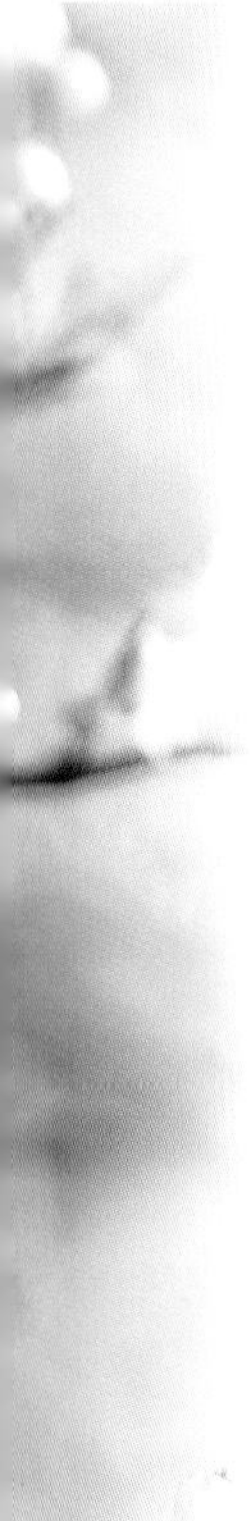

「旅人を懇《ねんご》ろにもてなせ」
とのみ言葉があります。この一語にも、主《しゅ》よあなたが、どんなに
旅する者の不安をご存じかが、示されております。
私たちの一生もまた旅人の一生です。その旅人である私たちを、
主がいかに懇ろにもてなして下さっていられるか、愚かにも今まで
私は気づきませんでした。
　主よお許し下さいませ。

父なる御神

今日も一日をお与え下さいまして、ありがとうございました。三浦と二人で散歩をしている時、三浦が申しました。

「こんなすばらしい景色や木立や花々を只で見せて頂いていいのだろうか」と。

本当だと思いました。人は時に美しい広い庭園を、入園料を取って見せております。でも、神さまは、見事な連峰も、清冽な渓川の水も、深い木立の緑も、只で見せて下さっておられます。

本当に只で見せて頂いてよいのでしょうか。

神の愛と知恵は測り難きかな
誰の目にも触れぬ　深山の中に
美しい花の咲いているのを
見ることがあります
おそらく、その花に目を注《と》める人は
何年に一度あることでしょう
でもその花は　懸命に
命の限りに　美しく咲いているのです
人は見ずとも
神は見ていられることを
花はきっと知っているのでしょう
そのような謙遜と信頼を
どうぞ私たちにも教えて下さい

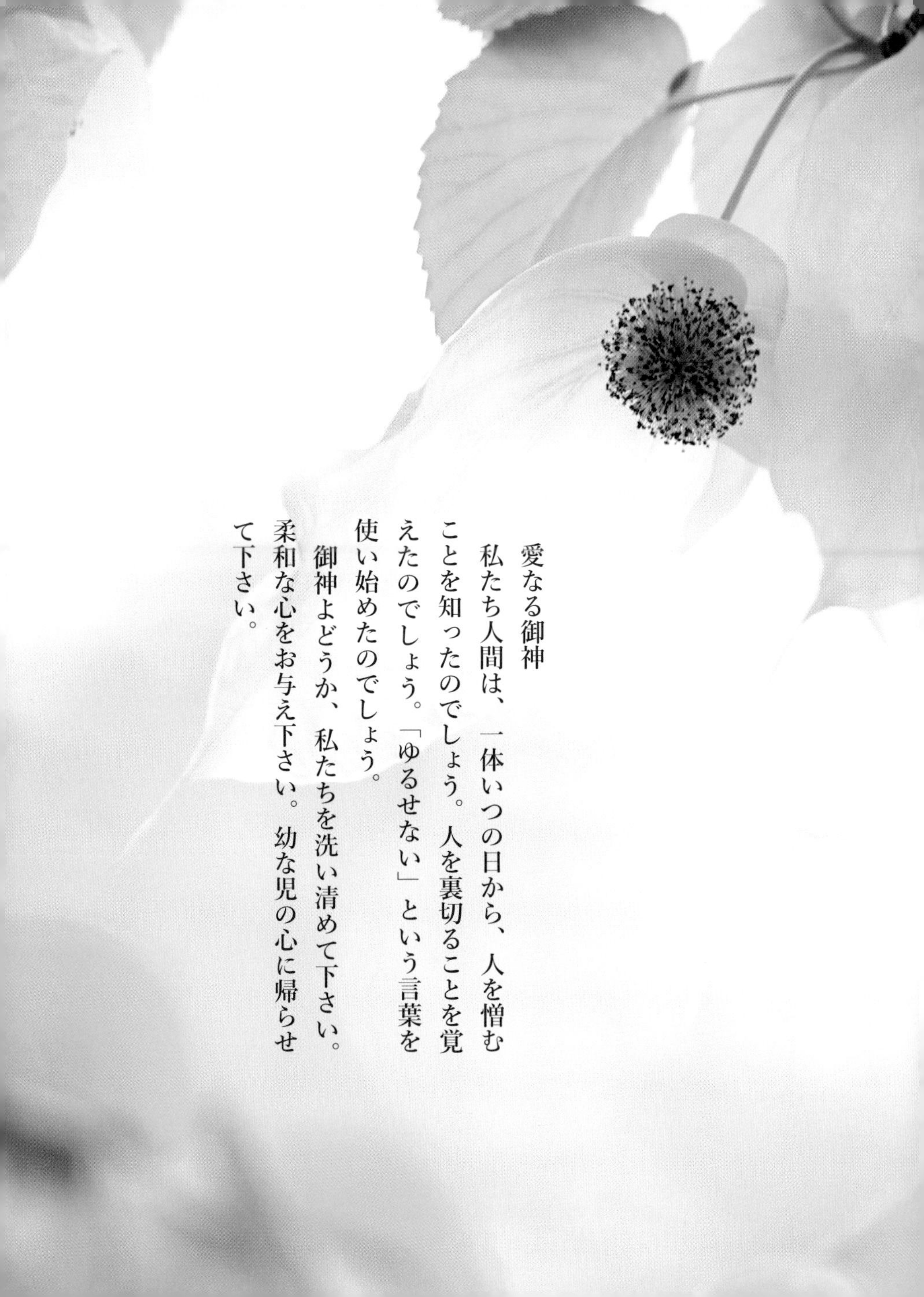

愛なる御神

私たち人間は、一体いつの日から、人を憎むことを知ったのでしょう。人を裏切ることを覚えたのでしょう。「ゆるせない」という言葉を使い始めたのでしょう。

御神よどうか、私たちを洗い清めて下さい。柔和な心をお与え下さい。幼な児の心に帰らせて下さい。

神さま
人は船出をする時
その船がどこに行くかを
知っております
でも神さま
私たち人間は
長い人生航海の
只中にありながら
自分がどこに向かって
いるのかを　わかっていません
どうぞそのことに
気づかせて下さい

天地を創造された神よ、

神はなんと多様の生物や植物を造られたことでしょう。人間もその造られた者に過ぎませんのに、人間は世界の所有者であるかのように、緑を枯らし、戦争で人を殺し、御心を痛めております。

人間がなぜ特別に賢く造られたか、畏れをもって、主の御声に聞く者でありますように、お導き下さい。

愛なる主よ

教会に集う人々は、みんな心の痛みを持っているのです。しかし、神がゆるし得ない罪、癒し得ない傷はありませんでした。でも、そのことを私は時折忘れるのです。

「こんな罪をもゆるして下さるだろうか」

と、愚かな思いを抱くことが時折あります。「神は愛」です。愛は奇跡を生みます。今改めてそう信じて感謝します。どうか教会が豊かに用いられますように。

イエス・キリストの父なる御神
なにとぞ私の愚かな祈りを
おきき上げ下さいませ
近頃私は自分の死んだあとの
世界をしばしば思い描きます
私などが死んでも、この世は
何の変ることもない人間のいとなみが
繰り返されて行くでしょう。
そして戦争や環境汚染はますます
進むにちがいありません。
私はその荒廃して行く世に生きる
幼な児たちを思いその幼な児たちのために
祈ります。
　主よ、どうぞ人間を、汚れた空気
汚れた水からお救い下さい。
そして汚れた思いから助け出して下さい。

神よ
空はなぜ青いのですか
雲はなぜ白いのですか
野はなぜ緑なのですか
もし空が赤くて
野が灰色とすれば
地に住む者の
平安はあったでしょうか
ああ　主の聖名は
讃むべきかな
しかし主よ
この美わしい大地の中で
人間はなぜ　他者を恨み
ねたみ　憎しみ
殺し合うのでしょう
神は決して　人間が
戦争を起こす者であることを

願われなかった筈です
「剣を鋤に変える」日を
一日も早くお与え下さい

創造主なる御神

神は無から有を生み出されるお方です。命を生み出されるお方です。一粒一粒は只の砂に過ぎませんのに、御手に委《まか》せている時、主はかくも驚くべき造形を我らに示し給います。花や、木や、人間も、神が造られたものであることを、今改めて思って、聖名を讃美いたします。

神に造られたものにふさわしく、自分の生涯を生きて参りとうございます。どうぞお力をお与え下さいませ。

神さま

小林多喜二は口癖のように言いました。「闇があるから光がある」と。

多喜二は三十歳で死にました。警察署の中で死にました。わが子の無残な死を見た多喜二の母は、一生懸命、「山路越えて」の讃美歌を暗誦しました。そして教会で葬式がなされました。

多喜二の母は、闇の中に光を見出したのです。神を讃美いたします。

愛なる神よ
人は　どうして
一人残らず
死ぬのでしょう
それは　生きることより
もっとすばらしい世界が
死後にあるので
生きたほうびに
与えて下さるという
ことでしょうか
幼い者　老いた者
中年の者
順序不同に
神は召し給います
疑うことなく
恐れることなく
天に召されるように
力を与えて下さいませ

「神、天地を創り給えり」
との聖書の冒頭の言葉を、ひたすらに、真実に信じ得ますように。そして、自分自身が、その創られたものの一つであることを、身を屈《かが》めて、心から思うことができますように。

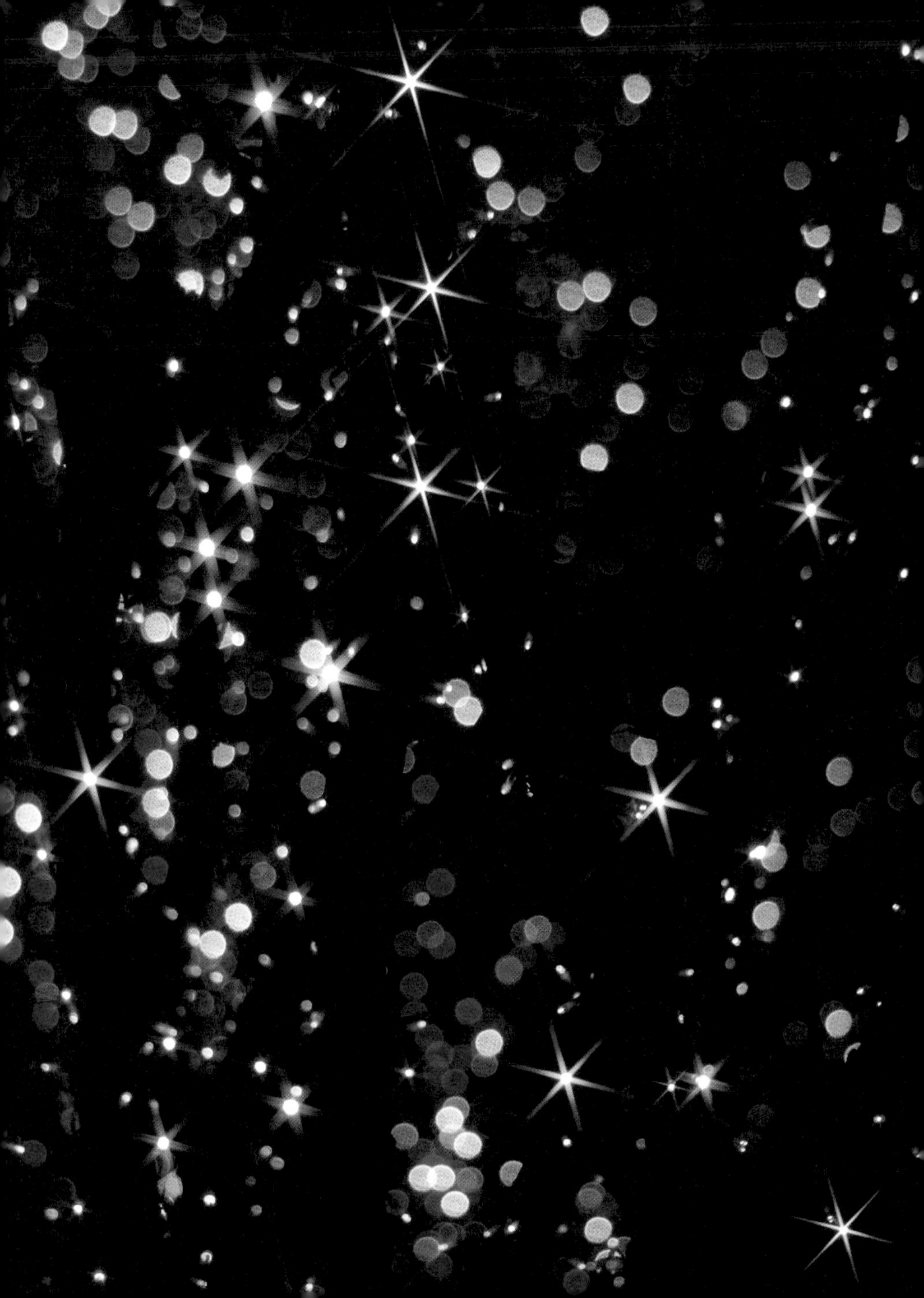

神さま

今年もクリスマスが近づいて参りました。神の御子が誕生されたという祭りにも増して、大いなる祭りがあったでしょうか。

神の御子が馬小屋に生まれ給い、その神の御子イエス・キリストを、世界中の多くの人が、二千年に亘って、幼ない時から、謹んでお祝いしてきたのです。

清らかな讃美歌が歌われ、静かな祈りがなされ、感謝にあふれた献金が捧げられる、そんな祭りは、やはり神の御子の誕生にしか、あり得ないのですね。

心から聖名を讃えて感謝いたします。

神が「光あれ」と言われた時、光がありました。み言葉によって、
天地が創造されたということ、なんと畏《おそ》るべきことでありましょう。
なんと讃うべきことでありましょう。
ああ主の聖名は讃むべきかな。

神さま
一日に一度
必ず
日は昇り
一日に一度
必ず
日は沈みます
神さまは
ご存じなのです
人間が二十四時間
光のない世界に
生き得ない
弱い存在であることを

夜がきた時
私たちは
朝を迎えている人々を
羨むことなく
祝福する愛の心を
持ち得ますように

ああ　神よ
神はなんと私たちを
愛していられることでしょう
やさしいコスモスの花むらに
幼な児が頬笑《ほほえ》んで立っています
花も幼な児も
神がお造りになりました
なぜ神さまは　こんなやさしいもの
美しいもの　愛くるしいものを
この罪深い私たちに
お与え下さったのですか

主よ
なぜですか
なぜ赤いナナカマドも
緑濃い針葉樹も
空に向かって
立っているのですか
人間もまた
空に向かって
立っているべきなのですね

でもなぜか
うつ向いて
天を見上げようとは
しないのです
どうか　天にいます
父なる神を
仰ぐ者と
ならせて下さい

「人が死んでのちに残るのは、集めたものではなくて散らしたものである」

と、言ったのはジェラール・シャンドリーでしょうか。主イエスは、十字架の上にその尊い命を人々のために捧げられました。その命は永遠にこの世の人々を救って下さることでしょう。その慈しみ深い愛のみ言葉と共に。私たちもまた働いて得たものを、散らし与えるものでありますように。

神よ
人生は
一人　林の中を
歩み行くような
ものかも　知れません
自分の前には
何の道もなく
また　自分の後を
従《つ》いてくる者も
ありません
そんな辛いものかも
知れません。
でも、どんな辛い道でも
主が手を引いて下さるなら

私たちは　安んじて
生きて行けるのでは
ないでしょうか
何十年間かの
人生の中で
人は幾度　大きな
重荷を肩に負い
おろし　また負って
来たことでしょうか
でも　主が共に在すならば
ああ　本当に共に在すならば
それは　何と幸いな
人生であることでしょう

「しずけき　ゆうべの
しらべに　よせて
うたわせ　たまえ
父なる　神よ」

三十余年前、私の療養中深く慰められた讃美歌です。この歌を枕もとで歌ってくれた看護婦さんは、幸せに生きているでしょうか。

主よ、どうぞ、幸せに生きている人々の幸せを、神の愛で、より幸せにして下さい。

不幸せな人々には、なお一層本当の幸せを指し示して下さい。

主よ、

〈野菜を食べて互いに愛するのは、
肥えた牛を食べて、互いに憎むのに
まさる〉

というみ言葉は、何と感謝なみ言葉でしょう。人間にとって、何がなくてならぬものなのか、常に私たちに教えて下さいますように。

「我は甦りなり命なり。我を信ずる者は死ぬとも生きん。汝これを信ずるか」

と、主は仰せられました。主よ、心から信ずる者であらせて下さい。信ずる力をお与え下さい。伏しておねがいいたします。

「神、われらと共にいます」

このみ言葉が、身に沁《し》みてわかるようになったのは、孤独ということがわかってからのように思います。

孤独は恐ろしゅうございました。が、その孤独な私と、共にいまして下さる神があられることを知り得て、感謝です。

孤独とは、誰にも邪魔をされずに、神よ、あなたとの対話を持ち得る時間のことと思います。

神よ、ありがとうございます。

創造主なる御神

あなたは私たちに何と限りなく豊かな糧をお与え下さったことでしょう。糧も、糧を味わう舌も、すべては創造の御業に成るものでありますことを感謝いたします。

父なる御神

私たちは何と自分のなしたことを、自分一人の力ででいたかのように、錯覚するものでしょう。

考えてみますと、私たちは自分の一秒後をもわからぬ者です。何の力もありません。もし何かを成し得たとしたら、そこには必ず、大きな大きな、御神の大きな力添えがあり、備えがあったからにちがいありません。

どうぞ私たちを謙遜にさせて下さい。

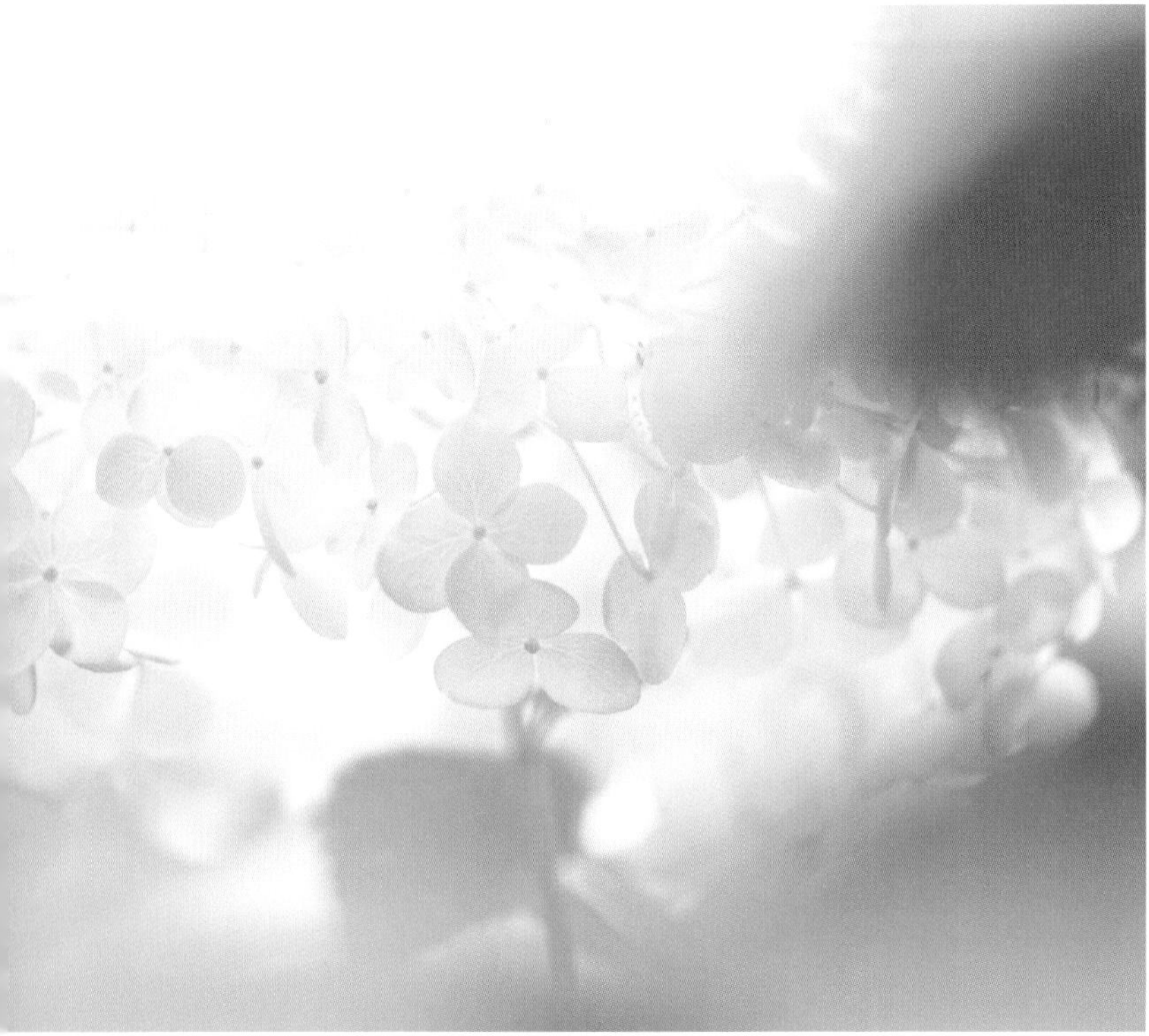

主よ

私は祈る時、心のうちに時々十字架を思い浮かべます。十字架にはイエスさまが、私の罪を代って背負い、私の罪の故に釘打たれました。十字架の事実が、自分の罪の故と知って、初めて祈りがゆるされると聞きました。

主よありがとうございます。「キリストの聖名」によって、この祈りを御前にお捧げいたします。

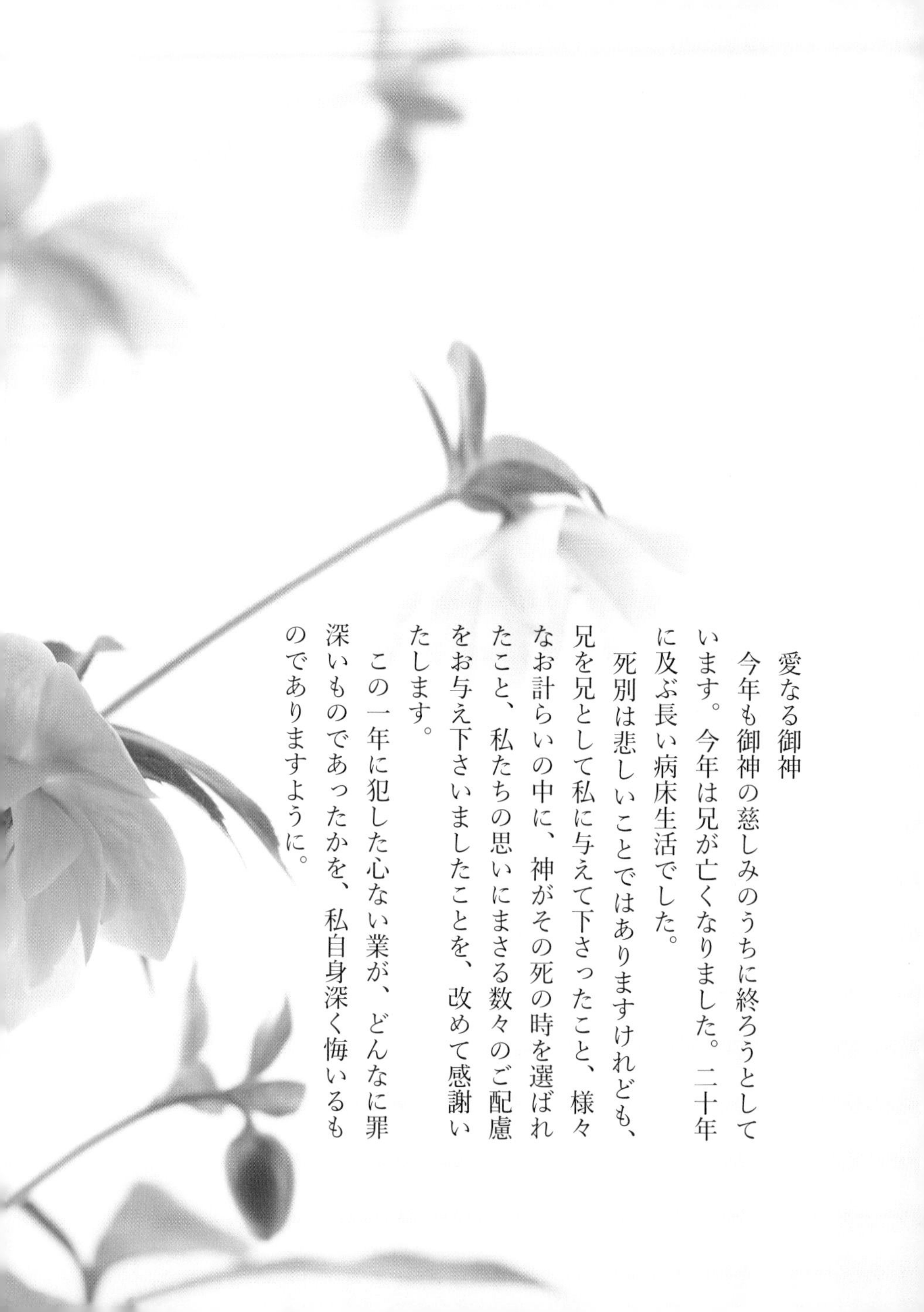

愛なる御神

今年も御神の慈しみのうちに終ろうとしています。今年は兄が亡くなりました。二十年に及ぶ長い病床生活でした。

死別は悲しいことではありますけれども、兄を兄として私に与えて下さったこと、様々なお計らいの中に、神がその死の時を選ばれたこと、私たちの思いにまさる数々のご配慮をお与え下さいましたことを、改めて感謝いたします。

この一年に犯した心ない業が、どんなに罪深いものであったかを、私自身深く悔いるものでありますように。

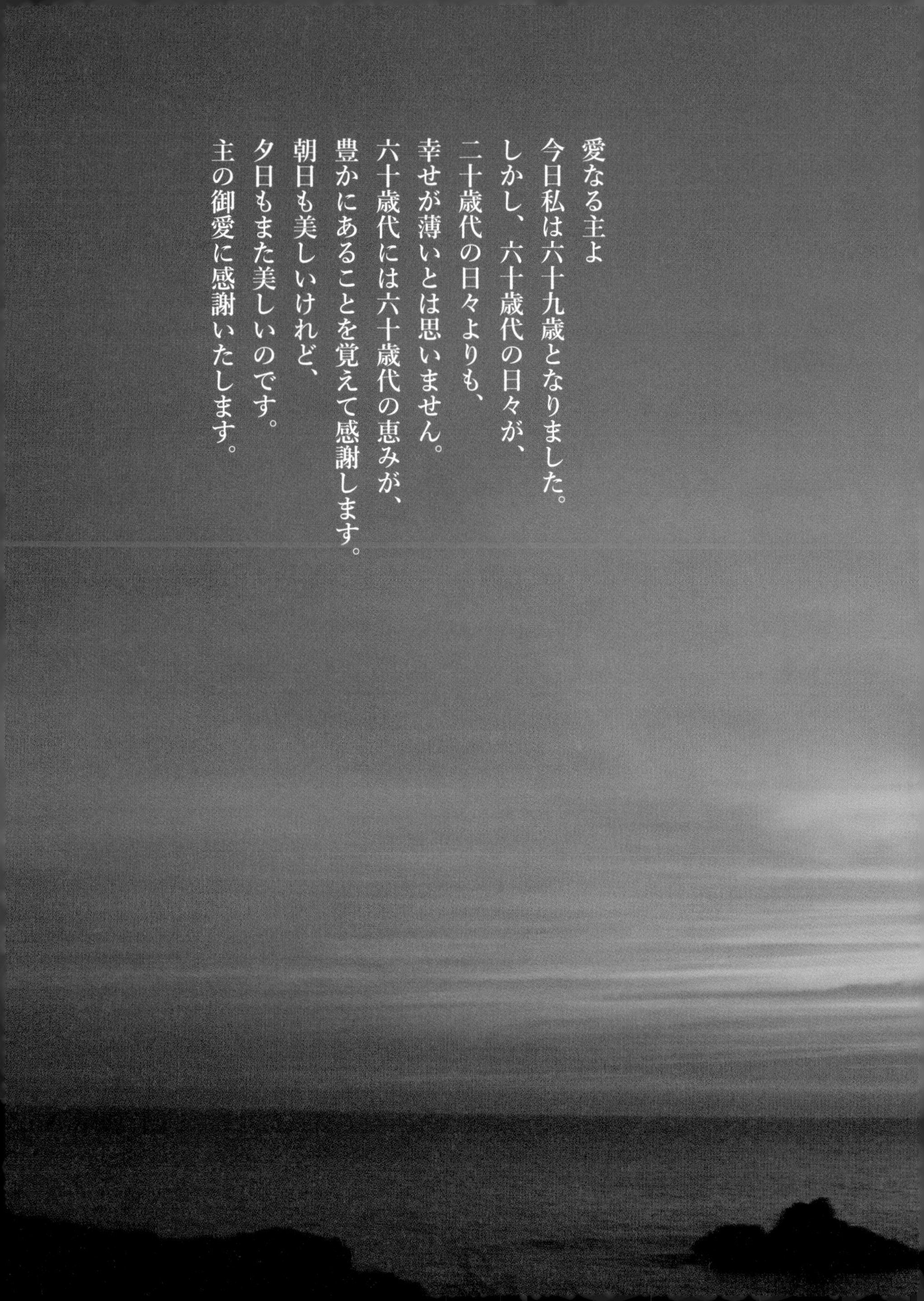

愛なる主よ
今日私は六十九歳となりました。
しかし、六十歳代の日々が、
二十歳代の日々よりも、
幸せが薄いとは思いません。
六十歳代には六十歳代の恵みが、
豊かにあることを覚えて感謝します。
朝日も美しいけれど、
夕日もまた美しいのです。
主の御愛に感謝いたします。

主よ

「冬来りなば春遠からじ」という言葉があります。辛い寒い冬を耐える人々への、励ましの言葉だと思います。私は七十年生きて、七十回の冬を乗り越えて参りました。北海道では、四季のうち一番長いのは冬なのです。春、夏、秋は、冬にくらべて、ずっと短いのです。

主よ、主はもしかしたら、北国の人々にとっては、冬が一番すばらしい季節だとお考えになられて、冬を長くされたのではないでしょうか。

十三年もの療養生活をした私には、病気が長い冬でした。でもこの頃は、愛なる主が与えて下さったあの冬は、大きな恵みだと思えるようになりました。

主なる神よ、ありがとうございます。

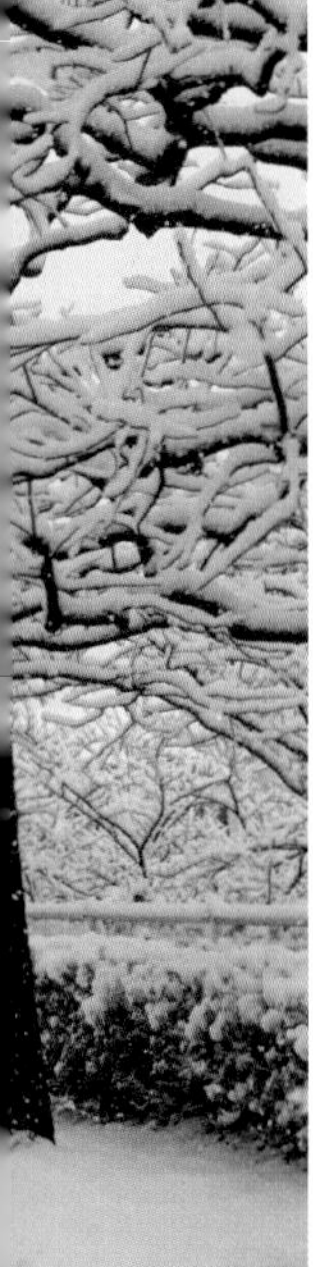

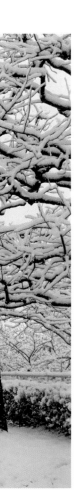

私たちの必要をすべてご存じの御神、あなたの御手に今宵も委ねて、安らわせて下さい。

［解説］創られたもの

林　あまり

いまあなたは、この一冊を手に取って、読んでみようかなと思っていらっしゃるのでしょうか。それとも、ひととおり読み終わったところでしょうか。

もしあなたが最後まで読み終わって、ちいさな息をつき、なんとも言えない不思議な気持ちになっていらっしゃるところだとしたら――この拙い文章を読むのは後回しにして、しばらくそのまま、じっと目をつむって、さまざまに思い巡らしていただきたいのです。それこそ、神さまから与えられた「恵み」のひとときだと思うからです。

三浦綾子さんといえば、クリスチャンの作家として広く知られています。長い療養生活を経験したのち三浦光世さんと結婚されました。新聞懸賞小説に応募した「氷点」が入選、朝日新聞に連載され、多くの読者を得ます。常に肉体に弱さを抱えながらも、珠玉の作品を次々と世に送り出しました。

本書では、「祈りのことば」が三十一篇、書かれています。最初の祈りは「私たちの一生もまた旅人の一生」であり「旅する者の不安」から始まります。

新約聖書には、「善《よ》いサマリア人」という、イエスの有名なたとえ話があります（ルカによる福音書10章）。追いはぎに襲われ、半殺しにされた旅人が、道端に倒れています。祭司やレビ人といった、立派な地位にある人たちが通りかかりますが、知らぬふりで通りすぎていきました。しかし、次に通りかかった、サマリア人は違いました。駆け寄って旅人を助けたのです。サマリア人は異邦人、つまり外国人です。最も助けないだろうと思われる、関わりの薄い人が、倒れた人を助け、自分の金で宿屋に泊まらせてまで介抱したのです。

イエスは「だれが追いはぎに襲われた人の隣人になったと思うか」と、律法の専門家に問います。この専門家は、イエスを陥れようとしていたのですが、イエスの問いに「その人を助けた人です」と答えるほかありませんでした。

イエスは「行って、あなたも同じようにしなさい」と言われます。

このたとえ話は、イエスが私たちに「サマリア人と同じように、人を助けなさい」と教えているものとして語られることが多いように思います。もちろんそれが前提でしょう。

けれど綾子さんの祈りからは、私たちもまた、追いはぎに襲われた旅人なのかもしれない、と気づかされます。病気や事故、災害、ひどい裏切りなど、私たちの人生には、突然追いはぎに遭って道端に倒れるほかないような場面が、確かにあるのですから。

道端に倒れた私を、なんの見返りも求めずに身銭を切って、いやご自分の命まで投げうって介抱してくださる――それがイエス・キリストにほかなりません。

若い日に長く病床にあった綾子さんは、イエスこそが、罪人の自分を介抱してくださる方だと、身をもって体験していらしたのです。

聖書には、「旅人をもてなす」話がたくさん出てきます。

綾子さんは「旅人である私たちを、主がいかに懇《ねんご》ろにもてなして下さっていられるか、愚かにも今まで私は気づきませんでした。主よお許し下さいませ」と祈ります。神の御前に自らの愚かさを認め、どこまでも謙遜であろうとする祈りです。

綾子さんは、少女時代から短歌に親しまれました。短歌は、だいたい五・七・五・七・七といったリズムを持つ定型詩です。

私も十代から短歌をつくっています。短歌は、言うまでもなく短いですね。散文と違って、ことばを厳選し、削りに削らなくてはなりません。何もかもを一首に詰め込むことは不可能です。

綾子さんは、若い頃から短歌によって、ことばの訓練を積まれたのでしょう。その訓練が、のちの小説やエッセイへとつながったと言えるのかもしれません。

私の好きな綾子さんの短歌は
・部屋中に行き交ふ度に抱きくるる夫（つま）よ今日はあなたも淋しいのか
・祈らむと組みたる吾が手の熱くして今日一日の罪甦る

短歌は、綾子さんが祈りと向き合う姿勢をも磨いていったのではないでしょうか。神さまの前で、ぐだぐだと長く願う必要はないですよね。神さまはすべてをご存じですから。大事な心を、短い自分のことばで神さまに伝えたい、それが祈りになっていきます。本書はまさに祈りの束。ずっしりと重く、けれど、飛び立っていく軽やかさもある祈りです。

一九八〇年代終わりにこの祈りを書いた綾子さん。いま読むと、その先見性に驚くばかりです。環境問題、多様性、まさにいま私たちが直面していることが、先取りするかのように記されています。

祈り全体を貫いているのは、神がすべてを創られたのだという信仰です。『神、天地を創り給えり』との聖書の冒頭の言葉を、ひたすらに、真実に信じ得ますように。そして、自分自身が、その創られたものの一つであることを、身を屈《かが》めて、心から思うことができますように」――私が特に好きな祈りです。「真実に信じ」「身を屈めて、心から思う」、これが私に必要な祈りなのだと示されました。

あなたにはどの祈りが心に残りましたでしょうか。

さて、ここまで、気安く「綾子さん」などと、書いてきてしまいましたが、私が三浦綾子さんにお目にかかったのは一度だけです。

少し私についてお話しますと、子ども時代は病弱でした。クリスチャンホームでもなんでもありませんでしたが、姉がキリスト教主義の学校に行っていたので、姉の聖書を読み始めました。よくわからないけれど、ここには何か「本当のこと」が書いてあると感じました。中学から、自ら望んでキリスト教主義の学校に入り、教会に通い、高校生になって洗礼を受けました。『氷点』が十五歳の受洗の決意の背中を押したのは、間違いありません。申し添えれば、姉の名前は「陽子」、兄は「達也（達哉ではないですが）」で、私は『氷点』が執筆された一九六三年生まれです。そんなことも私にとって『氷点』『続 氷点』が特別な作品である理由の一つかもしれません。現在まで、受洗した教会の会員として日々を送っています。

綾子さんに一度だけお目にかかった理由は、綾子さんの夫であり、アララギの歌人であられた三浦光世さんにあります。

一九九八年、当時の教文館社長・中村義治さんから、「三浦光世さんの歌集を出したい。ちょっと手伝ってくれないか」とお声がかかりました。

その頃中村社長は、教文館が閉店する夜八時になると、店の前に小さな机を出して、ひとり雑誌を売っていらっしゃいました。夜の銀座の名物といってよい光景でした。私も映画館に行く前など、立ち寄っておしゃべりしたものです。中村社長は私を気にかけて可愛がってくださいました。ものを書いているクリスチャンというその一点で、信頼してくださったのだと思います。

歌集出版のお手伝いですか、と少し驚いたものの、小さな文芸出版社で編集をしていたことがあり、雑用係でしたらと喜んでお引き受けしました。

まず光世さんにお目にかかって打ち合わせをするために、中村社長に連れられて旭川に行きました。日本キリスト教団出版局の末瀬昌和さん、飯光《ひかり》さんもご一緒でした。三浦家に着くと、綾子さんと光世さんが出迎えてくださいました。綾子さんはほほえんで、緊張している私の手を取り、なぜか「あなた、ひどく怒ったことなんて、ないでしょう。私はね、よく怒っちゃうのよ」と仰いました。

はきはきとした、女性作家の情熱が、取られた手から伝わってくる気持ちがしたものです。

光世さんの歌集『夕風に立つ』は、一九九九年七月に教文館から刊行されました。帯には綾子さんからの推薦文をいただきました。本の扉には、前年に開館した三浦綾子記念文学館オープンの日の、ご夫婦の笑顔の写真があります。

綾子さんは出版三か月後の十月に召天されました。光世さんの歌集を地上で見ていただけたこと、本当に良かったと思っています。

歌集のなかでも、私の好きな短歌は、

・堀田さんが貸してくれたるアララギ誌クレゾールの匂いが沁みこんでゐる
・詩的表現と思ひ愚かに読みし日よ波の上歩み給ふイエスに
・妻よ疾く癒えて帰り来よリラの花今年は早く豊けく咲きぬ

一首目の「堀田」は、綾子さんの旧姓です。「アララギ誌」は短歌の結社誌です。知り合った頃のお二人が、目に浮かぶようです。

光世さんは、綾子さん召天後、さらに精力的にお仕事をなさいました。月刊誌『信徒の友』では四十年にわたり、投稿短歌欄の選者を務められました。現在は私が選者を担当していますが、光世さんの選者としての信念が書かれた文章「証しとしての短歌」を読み返すとき（『三浦光世　信仰を短歌《うた》う』日本キリスト教団出版局）、身の引き締まる思いがいたします。

光世さんと綾子さんの人生、作品のすべてが、神への讃美、感謝、そして伝道であり、いまもそのお働きは生き生きと神さまに用いられています。

最後に、綾子さんの信仰入門『光あるうちに』の「いかに祈るべきか」の章から引きましょう。「初めのうちは（中略）、いかに祈るべきかも、わからないものである。なるべく人にも祈ってもらい、祈りについての本も読んで、いかに祈るかを学ぶことも大切であると思う」「とにかくわたしたちは『のどもと過ぎれば熱さを忘れる』一時的な祈りではなく、常に祈っていかなければならないのではないか」

本書は、読み物としてももちろん魅力的です。でも、できましたら、声に出して読んでいただきたいのです。書かれた祈りに心を合わせて読み上げることができたなら、それはあなたの祈りになります。祈りの初めの一歩です。

まだ祈ったことがない人、祈りが難しいと感じる人にとっても、一つの道しるべとなる一冊。そう確信しています。

（はやしあまり・歌人、演劇評論家）

二〇二一年十月

三浦綾子　年譜

1922（大正11）4月25日、旭川市にて父堀田鉄治、母キサの次女として誕生。

1939（昭和14）17歳。空知郡歌志内の神威尋常高等小学校の代用教員となる。

1941（昭和16）19歳。秋、旭川市立啓明国民学校に転じる。太平洋戦争始まる。

1945（昭和20）23歳。敗戦、教科書の墨塗りを経験。自らの教育の根幹を揺さぶられる。

1946（昭和21）24歳。教職を退く。生活が荒廃。以後、肺結核のための療養生活が始まる。

1948（昭和23）26歳。療養所で北大医学部学生で幼なじみの前川正と再会。

1952（昭和27）30歳。脊椎カリエスの疑いで旭川日赤病院から札幌医大病院へ転院。

1954（昭和29）32歳。前川正召天（35歳）。

1955（昭和30）33歳。三浦光世が綾子を訪問。

1959（昭和34）37歳。旭川六条教会にて中嶋正昭牧師の司式により結婚。

1964（昭和39）42歳。朝日新聞社が募集した一千万円懸賞小説に応募した「氷点」が入選。

1966（昭和41）44歳。『信徒の友』に「塩狩峠」の連載始まる。

1969（昭和44）47歳。「塩狩峠」主人公のモデル長野政雄の遺徳顕彰碑が塩狩峠に建てられる。

1970（昭和45）48歳。朝日新聞に「続　氷点」の連載を開始。

1975（昭和50）53歳。『細川ガラシャ夫人』刊行。
1982（昭和57）60歳。直腸がんで手術。
1985（昭和60）63歳。病気が再発。
1992（平成4）70歳。パーキンソン病発症。
1998（平成10）76歳。三浦綾子記念文学館完成。
1999（平成11）77歳。10月12日に召天。

三浦綾子記念文学館

『氷点』の舞台となった外国種樹見本林の中にある。1998年、全国の三浦綾子ファンの募金によって建てられた、市民による「民営」の文学館。

【所在地】北海道旭川市神楽7条8丁目2番15号

【問合せ】開館時期、開館時間は事前にお問い合わせください。

〔電話〕0166-69-2626〔FAX〕0166-69-2611

〔メール〕toiawase@hyouten.com

塩狩峠記念館（三浦綾子旧宅）

三浦綾子旧宅を復元し、『氷点』や『塩狩峠』に関する資料などを展示している。

【所在地】北海道上川郡和寒町字塩狩

【問合せ】開館時期、開館時間は事前にお問い合わせください。

塩狩峠記念館〔電話〕0165-32-4088

和寒町産業振興課〔電話〕0165-32-2423

〔メール〕ki-shoukou@town.wassamu.hokkaido.jp

灇 眞智子（おちあい・まちこ）
フォトグラファー。恵泉女学園大学公開講座講師。公益社団法人日本写真家協会会員。
作品：日本キリスト教団出版局より『ことばの花束――愛・希望・ポストカードブック』、『歓びのうた、祈りのこころ』（小塩トシ子氏との共著）、『うつくしいもの――八木重吉信仰詩集』他を刊行。他に、いのちのことば社より『今日もいいことありますように』、『泣いても笑ってもこころにいい風ふきますように』（本嶋美代子氏との共著）、『青いろノート』、『野の花の贈りもの』（花村みほ氏との共著）、『きぼうの朝（あした）』、『なぐさめの詩（うた）』を刊行。

林 あまり（はやし・あまり）
歌人、演劇評論家。作詞（坂本冬美「夜桜お七」など）も手がける。長く『信徒の友』（日本キリスト教団出版局）の短歌欄選者をつとめた三浦光世氏に代わり、2011年4月より同欄の選者となって現在に至る。紀伊國屋演劇賞審査員、成蹊大学ほか非常勤講師。著書：歌集『MARS☆ANGEL』（沖積舎）、『ベッドサイド』（新潮社）、エッセイ集『光を感じるとき』（教文館）など。

装幀 / デザインコンビビア（田島未久歩）
写真協力・福岡警固教会（p.17）

三浦綾子 祈りのことば

2021年10月25日　初版発行
2023年1月20日　3版発行

著 者　三浦綾子
写 真　おちあいまちこ
解 説　林 あまり
発行所　日本キリスト教団出版局
〒169-0051　東京都新宿区西早稲田 2-3-18
電話・営業 03（3204）0422、編集 03（3204）0424
https://bp-uccj.jp/
印刷・製本　三秀舎

ISBN978-4-8184-1096-1 C0016　日キ販
Printed in Japan